Centímetro a centímetro

Los aciertos
  c/ Portales 17, 1°
  26001 Logroño (La Rioja, Spain)
  losaciertosediciones@gmail.com
  www.pepitas.net/los-aciertos

Pepitas de calabaza s. l.
  Apartado de correos n.° 40
  26080 Logroño (La Rioja, Spain)
  pepitas@pepitas.net
  www.pepitas.net

ISBN: 978-84-19689-13-9
Dep. legal: LR-527-2024

Primera edición, junio de 2024

Eduardo Romero

Centímetro a centímetro

Un anciano y un sueño apacible. Durante las diez, doce o hasta catorce horas en las que permanece dormido, el viejo respira acompasada y silenciosamente. Solo muy de vez en cuando emite un breve y estrepitoso ronquido. A veces se le abre la boca y entonces su aspecto resulta entre cómico e inquietante. Ella mira esa abertura entre los labios y por momentos recuerda el juego de la rana, quiere lanzar una ficha a ver si acierta y la rana se la traga. Otras veces esa boca abierta le trae recuerdos de las agonías que ha presenciado a lo largo de su vida, y entonces la escena ya no le hace ninguna gracia.

Lo llama, primero quedamente, luego en voz cada vez más alta. Él tarda en abrir los ojos. A veces tiene que acabar acariciándole el rostro al tiempo que sigue llamándolo. Y si ni con esas reacciona, comienza a darle pequeños cachetitos en la mejilla derecha hasta que el viejo sale de ese sueño profundísimo. A ella le llama la atención que, cuando esto sucede, sus ojos se abren súbitamente, como si hubiera estado viajando desde otro planeta mientras ella trataba de despertarlo, y de pronto hubiera llegado de vuelta a este mundo. «La pastilla», le susurra entonces. Y él, familiarizado con este primer momento del día, trata de abrir los labios para recibir la píldora y media que ella le introduce en la boca cada mañana un rato antes de levantarlo. A veces, el viejo tiene la boca reseca y no es capaz de despegar los labios, así que ella empuja y empuja las pastillas hasta que ve que desaparecen dentro de su boca. «¿Quiere agua para tragarlas?», le pregunta mientras él ya ha comenzado a masticarlas. Casi siempre hace un leve movimiento afirmativo, y algún día que otro se le escucha un sí tan delicado que ella piensa que parece un jilguerito. Basta con que el vaso tenga agua para un par de pequeños sorbos, así no hay riesgo de verter mucho líquido sobre la cama ni de hacerle tragar al anciano más agua de la cuenta y que llegue a atragantarse. «Ale, ya puede dormir un rato más», le dice. Y el viejo, obediente, cierra los ojos y vuelve a sumirse en el sueño. Por más que se haga ruido a su alrededor, por más que griten los niños, que pase el tractor por delante de la casa, que truene la tormenta sobre el pueblo o que el pastor alemán ladre y ladre a medio metro de la cama, el viejo continúa en su planeta.

Hay mañanas en las que la rutina queda interrumpida por los lamentos del anciano. Son esos extraños días en los que es él quien toma la iniciativa y quiere levantarse. «Ya, ya», empieza a repetir, primero como un leve quejido y luego, si ve que nadie se acerca a atenderlo, a voces malhumoradas. La cosa tiene que ver con sus talones. Duerme con las rodillas bastante dobladas, sobre todo la de la pierna derecha, la del lado de la cirugía. Muchas veces no cambia de posición en toda la noche. Así que la piel endurecida —especialmente el borde externo del talón del lado de la cadera operada— comienza a molestarle y le impide continuar durmiendo. Ella prueba a retirar las mantas y la sábana que lo cubren, le mete los brazos por debajo de las rodillas y le modifica la posición de las piernas. La mayor parte de las veces, el viejo deja de quejarse y, al instante, vuelve a dormirse.

Hay un momento de la mañana en el que ella decide que ya no debe dejarlo dormir más. Tantas horas en la cama incrementan el riesgo de que al anciano se le forme alguna escara. Ella recuerda la guerra que le dio la que se le formó en la parte exterior del tobillo. Esa especie de moco amarillo y verde que rezumaba la herida. Las curas dos y tres veces al día. La ansiedad con que observaba cómo iba cambiando de color. La frustración que sentía cuando, al aireársela, el propio apósito, por muy apropiado que fuera para ese tipo de curas, acababa reabriendo, aunque fuera mínimamente, la herida. El alivio de ver cómo se completaba la postilla y, finalmente, se secaba y caía, dando término a la pequeña epopeya.

Abre las contraventanas de la habitación y le da los buenos días, una, dos, tres veces. En este segundo despertar el viejo reacciona a los saludos sin necesidad de que le abofeteen cariñosamente las mejillas. Ella retira primero la mantita que tiene sobre los pies. Quita después una colcha y una manta más gruesa y, por último, la sábana que cubre al anciano. Dobla toda esta ropa y la mete en un armario. Contempla entonces al viejo durante unos segundos. El pijama acostumbra a tenerlo en su sitio, pero hay días en que, incómodo, se ha ido bajando el pantalón y lo tiene por los tobillos. A veces también se observa algún pequeño resto de sangre en las sábanas o en la funda de la almohada. Y es que el anciano tiende a rascarse las orejas o uno de sus brazos, y en ocasiones llega a levantarse la piel. Mira también las legañas que el viejo tiene alrededor de los ojos. La barba que le ha ido creciendo y que hoy habrá que afeitar. Sus mejillas, encendidas de tanto calor bajo las mantas. Mientras lo observa, el viejo suele regresar a sus sueños, aunque a veces se espabila y se anima con alguna frase. Entre la sequedad de la boca y las dificultades de pronunciación que le provoca su enfermedad, es probable que no se le entienda nada. Pero hay días en que articula perfectamente las palabras: «En lo oscuro veía muchas cosas», vocalizó una mañana.

Se sienta a un lado de la cama y comienza con el anciano una rutina de ejercicios. Empieza con la pierna de la cadera operada. Le coge con una mano por el tobillo, apoya su otra mano en la rodilla del viejo y le ayuda a doblar y a extender la pierna seis u ocho veces. Trata de que sea él quien haga el movimiento, solo quiere acompañarlo, pero lo cierto es que casi siempre es ella quien acaba haciendo la mayor parte de la fuerza. Tras el cambio de pierna, le pide que coloque las rodillas dobladas y juntas y que apoye los pies sobre el colchón. Ella hace resistencia por la parte exterior y le anima a que haga fuerza para abrir las rodillas. Muchas mañanas, él no entiende lo que le pide. A veces vuelve incluso a quedarse adormilado entre uno y otro ejercicio. Así que ella, además de llamarlo, le abre y cierra las rodillas para que él caiga en la cuenta y pueda repetir el movimiento. A continuación, con las rodillas abiertas, hace resistencia en sentido inverso para que él trate de cerrarlas. Le pide entonces que extienda los brazos hacia el techo una decena de veces y que abra y cierre los puños. También juega con él a chocar las palmas, su mano derecha con la izquierda del anciano, luego su izquierda con la derecha del viejo y, finalmente, derecha con derecha e izquierda con izquierda, lo que implica un movimiento cruzado. Por último, le acerca las rodillas hacia el pecho y comienza a movérselas circularmente. Al viejo esto le encanta, no tiene que hacer nada, tan solo notar cómo se le relaja la espalda.

Es el momento que ella aprovecha para preguntarle qué tal ha pasado la noche. Y aunque lleve mil horas seguidas durmiendo profundamente, su respuesta es siempre la misma: «Regular», dice con cara de pena. A continuación, ella le dice una tontada y él, de pronto, se parte de risa, le viene una carcajada y se la contagia a ella, y entonces le repite la tontada por el placer de volver a ver y escuchar su risa de loco.

Ella se pone en pie a un lado de la cama. Ahora toca ayudarlo a incorporarse. Primero lo coge de nuevo por debajo de las rodillas y logra que sus piernas queden colgando a un lado de la cama. Entonces le da una mano y se agarra con la otra al pasamanos de la escalera que pasa por allí al lado. Así puede estabilizarse para tirar del viejo con un cierto control de su fuerza. Necesita que él haga por levantar el tronco por sí mismo. Y es que su bracito —tendones, huesos y piel— es tan frágil que teme arrancárselo si tira de él demasiado.

Una vez que el anciano está sentado, a veces sucede que, si no ha llegado a apoyar los pies en el suelo, vuelve a caer sobre la cama. Ella tiene que andarse viva para ponerle una mano en la espalda y evitarlo, mientras le pide que eche el tronco hacia delante.

Le desabrocha entonces los botones y le quita la parte de arriba del pijama y la camiseta blanca de tirantes. La mayor parte de los días, y a pesar de que lleva doble pañal, esa ropa está empapada. Ella le insiste en que separe los pies y los apoye bien en el suelo. Como al anciano le cuesta controlar estos movimientos más sutiles, muchas veces acaba arrodillándose y se los separa ella misma con la mano. A continuación, lo agarra del brazo izquierdo y lo ayuda a ponerse en pie. El viejo logra incorporarse a cámara lenta, aunque mira al suelo, encorvadísimo, y busca ansiosamente, con la mano derecha, algún lugar donde agarrarse. Ella le pide que se yerga todo lo posible y que relaje esa mano. Y, en un momento dado, le suelta el brazo izquierdo. Entonces el viejo empieza a perder lentamente el equilibrio y está a punto de caerse hacia atrás, de nuevo sobre la cama. Ella lo tiene todo bajo control. Pone su mano en la espalda del anciano para evitar la caída y le recuerda que debe tratar de poner su peso sobre las punteras de los pies. Este juego de equilibrismo puede durar más o menos tiempo, pero, salvo cuando el viejo tiene fiebre, ella persiste en sus indicaciones hasta que el anciano logra mantenerse en pie por sí mismo durante al menos cinco o diez segundos. Le baja entonces el pantalón del pijama y observa si el viejo ha hecho caca en el pañal durante la noche. Si no está sucio, le pide que se vuelva a sentar en la cama. Previamente, ha movido el hule que hay sobre la sábana para que el anciano se siente sobre él. A continuación, le saca el pijama por los pies. El anciano se queda un ratito ahí sentado mientras ella entra en el baño, echa la ropa sucia en un cesto y pone en marcha algunos preparativos para la ducha. Desde allí oye al viejo, aún desconcertado con que haya empezado un nuevo día: «¿Yo qué soy? ¿En qué trabajo?».

Los DÍAS EN QUE el anciano tiene catarro, por muy leve que sea, le afecta un montón al equilibrio. Ir de la cama a la ducha se convierte en una tarea verdaderamente titánica. En vez de apoyar los pies con firmeza, el viejo los va moviendo como si fuera flotando en una nube. Ella observa esos pies desmadejados, esos movimientos al ralentí, y tiene que tirar de él para que no se caiga y hablarle fuerte para que se acuerde de que es imposible caminar sin apoyar los pies en el suelo. Durante todo el recorrido, ella necesita ir haciendo presión sobre su espalda para que no se caiga hacia atrás. También debe fijarse en que el viejo no meta un pie en el otro y se desequilibre del todo. En ese caso, con los dos pies enredados, empezará a girar sobre sí mismo al tiempo que se irá yendo al suelo, y ella tendrá que abrazarlo para detener la caída, y cuando la situación esté controlada, le ayudará a recolocar los pies en el suelo, en paralelo, para empezar de nuevo a caminar. Él dirá entonces: «Tengo miedo». Y ella, restándole importancia a lo que acaba de pasar, responderá: «¿Alguna vez se ha caído usted estando conmigo?». «No», susurrará el anciano. «Pues vamos allá, que ya tendrá ganas de una ducha caliente».

Antes de iniciar el camino, ella ha dejado apoyados en la repisa de la ventana los dos pañales que le pondrá al terminar de ducharlo. Son de los que se meten por los pies. Los otros, los que se ajustan en la cadera, le complicarían la vida a la hora de manejarse con el viejo. También ha colgado del toallero una muda limpia: una camiseta de tirantes y un polo de manga larga. El teléfono de la ducha lo ha dejado colocado sobre los grifos en una determinada posición para que luego, con el anciano dentro, no tenga que hacer malabares para alcanzarlo. La bolsa de plástico para los pañales sucios también ha quedado lista en una esquina antes de que el viejo llegue al baño. Ha comprobado asimismo que la toalla del anciano y la que se pone a los pies al salir de la ducha están en su lugar, que no hubo que echarlas a lavar el día anterior.

Los días que no tiene ni fiebre ni catarro, que son la mayoría, el viejo hace los cinco metros hasta el baño con relativa facilidad. Pasito a pasito. Ella le recuerda que no puede dejar atrás el pie izquierdo. Que si lo deja atrás acabará enredando una pierna con otra y que ya sabe lo que pasa entonces. Le da la mano y camina un poco por delante, aunque trata de evitar que él use el agarre para hacer tracción hacia sí mismo. No, se trata de darle la mano para su seguridad, pero, en la medida de lo posible, él debe ser responsable de su propio equilibrio. Cuanto menos fuerza haga ella, mejor. Allá van, ya están entrando por la puerta del baño. Si el viejo ha hecho caca en la cama, aún tendrá el pantalón del pijama puesto. Ella le recuerda entonces que debe apoyar las dos manos en un pequeño mueble del servicio en el que se guardan las medicinas, las cremas, los aceites, las gasas, las tiritas, los test para los análisis de orina que se le hacen al anciano cuando se le ve un poco abotargado y toda la parafernalia de apósitos y protectores para las escaras. Comprueba que el viejo se apoya firmemente en la parte superior de ese mueble y le advierte de que tenga cuidado de no dar un manotazo al vaso con el cepillo y la pasta de dientes. Ella entonces, justo detrás del anciano, se arrodilla y le pide que levante alternativamente uno y otro pie para sacarle el pantalón del pijama. Apoyado en el mueble con las dos manos, el viejo lo logra sin muchas dificultades. Ella le saca las perneras y procura no mancharse ni mancharse el suelo, aunque a veces no queda otro remedio, y entonces coge papel higiénico y limpia la baldosa para evitar que uno de los dos acabe pisando y transportando la mierda.

Le vuelve a dar una mano al anciano y le pide que gire poco a poco a su derecha para acercarse a la ducha.

Él da minúsculos pasitos, y a veces arrastra completamente el pie izquierdo. Ella se frustra al verlo caminar así ya que, justo a continuación, cuando entre en la ducha, que no está adaptada, levantará milagrosamente un pie y después el otro para salvar un obstáculo de más de cinco centímetros. Ella no dejará de darle la mano durante todo ese tránsito. Una vez dentro, se la dirigirá hacia los grifos para que la pieza que los une a la pared le sirva al viejo de agarre. Casi siempre tiene que hacer mucha fuerza para llevársela, él nunca recuerda este movimiento y se resiste como diciendo: ¿por qué me quieres dejar de dar la mano? Finalmente, cuando palpa el grifo, se acuerda de qué va esto y cierra los dedos con firmeza. Ella, siempre algo nerviosa en este trance, le conmina a dar pequeños pasitos para entrar hasta el fondo del plato de ducha. Son pasitos diminutos, pero ella necesita que se desplace lo suficiente como para no echar todo el agua fuera.

El anciano queda de espaldas a ella. Es el momento de romper por un lateral cada uno de los dos pañales que lleva puestos. Se los retira y los mete en la bolsa de plástico preparada a tal efecto. Le pide entonces al viejo que la espere dos minutos. Y también le dice que, si quiere mear, no hay ningún problema en que lo haga. Sale con la bolsa, dobla y mete en ella el hule sucio que se ha quedado en la cama y se dirige a una puerta que da a la calle. Si llueve, abre la parte superior de esa puerta —tiene dos tramos de apertura— y simplemente posa la bolsa en el suelo del lado de fuera. Por el camino, le ha hecho un nudo para cerrarla. Si hace bueno, camina unos pasos fuera de casa y, al ver subida la tapa del contenedor, lanza la bolsa desde lejos y la encesta, casi nunca falla. Se da prisa por volver sobre sus pasos. Deja semiabierta la puerta de la entrada para que la habitación se vaya ventilando. Recoge rápidamente la almohada, la sábana bajera y los diversos hules que protegen el colchón. Se apresura a doblar y guardarlo todo porque oye que el anciano ya la está llamando desde la ducha. Cierra la cama y la convierte en un sofá.

De regreso al baño, se descalza y coloca en su sitio la alfombrilla. Se arrima todo lo posible al plato de ducha y avisa al anciano de que va a abrir el grifo. Él es muy friolero. No es de extrañar, pues no le queda un gramo de grasa. Ella se queda a veces embobada observando detalles del esqueleto que asoma bajo su piel. Así de espaldas, le ve perfectamente el perfil de las vértebras, del coxis, de la pelvis. Apunta el cabezal de la ducha hacia los azulejos y abre el grifo. Si le llega rebotada una sola gota de agua fría, el viejo se lamenta amargamente. «Frío, frío», repite mientras hace unos ruiditos con los labios fruncidos. Ella procura que el agua no se caliente demasiado, porque pasa por el conducto donde el viejo está agarrado, y él empezará a quejarse de que se quema, y entonces querrá soltarse. Así que la regula hasta que alcanza el punto justo de calor y comienza a duchar al viejo por la cabeza. Trata de acercar bien la alcachofa para evitar meterle agua en los oídos. Baja luego por la espalda y las piernas. Se detiene sobre todo en limpiar, desde atrás, toda la zona del culo, las ingles y los testículos. Pasa entonces a enjabonar al viejo. En su momento lo hacía con una esponja, pero se ha acostumbrado a enjabonarlo con la mano. Hace espuma con el pelo que le queda en la cabeza y limpia bien por detrás de las orejas. Frota bajo los sobacos, recorre la espalda, le quita toda la mierda que le pueda quedar en las ingles y alrededores, rodea al viejo para frotarle también el pecho y la barriga, y el pelo del pubis vuelve a ser un lugar donde sacar espuma para frotar bien las zonas que acumulan suciedad. Se agacha o se pone de rodillas sobre la toalla de pies para enjabonarle también las piernas. Por las espinillas suele tener alguna pequeña rozadura, así que, aunque lo sigue viendo de espaldas, se fija al tacto en esos pequeños detalles para dejarlos bien limpios. A continuación, se incorpora y regula de nuevo el agua para darle un buen aclarado.

Cuando el viejo tiene un día regular —algo de fiebre o congestión— llama continuamente a su mujer.

Hoy la ha llamado una docena de veces mientras se duchaba.

—¿Qué quiere? —le pregunta ella mientras lo aclara.

—Que sepa que estamos aquí —responde él.

A veces, cuando ya está limpio, el viejo se caga en la ducha. Toca entonces esperar unos minutos. Si ella no tiene suficiente paciencia y le invita a salir, corre el riesgo de que le suceda lo mismo ya fuera de la ducha, sobre la toalla de pies, así que lo mejor es demorarse el tiempo que haga falta.

Un día, a pesar de la alfombrilla antideslizante, el anciano comenzó a resbalarse dentro del plato de ducha y, asustado, se soltó de su agarre. Ella no tuvo otro remedio que meterse dentro con él e impedir que se cayera. «Apoye esos pies firme», le dijo al anciano. Él, con la seguridad de sentirse literalmente abrazado por ella, logró recomponerse y retomó el agarre con todas sus fuerzas. Como a ella no le había dado tiempo de cortar el grifo, salió de allí empapada. «Ya le dije que conmigo nunca se va a caer», le recordó al viejo mientras se escurría el agua del pelo.

Una vez que ha terminado de ducharlo, le pide al anciano que levante la cabeza. Le echa encima la toalla —él aún sigue de espaldas a ella— y hace un poco de presión, mientras le palpa el rostro, para secarle la cara. Frota luego la calvorota y los remolinos de pelo cano que le nacen encima de las orejas y en el cogote. En las orejas se demora un momento para que queden bien secas, y comienza a bajar por la espalda, el culo y la parte posterior de las piernas. Una vez que llega a los pies, interrumpe el secado y le pone al viejo la toalla extendida sobre los hombros y media espalda. Sale un momento a cerrar la puerta de la casa. La habitación ya está suficientemente ventilada y quiere que la calefacción la vuelva a calentar mientras ella termina las tareas con el anciano dentro del baño. Regresa, le quita la toalla de encima y le anuncia que ya puede darse la vuelta. El viejo responde: «Se está abriendo la tubería del sur y no sabemos por dónde va a salir». Ella le suelta uno a uno los dedos del grifo y le da la mano. También le da la otra y trata de ayudarlo a girar, poco a poco. Dan un paso de baile a cámara lenta. Cuando el anciano queda mirando hacia ella, lo anima a dar pequeños pasitos. Él siempre quiere abordar los obstáculos desde muy lejos, así que tiene que recordarle una y otra vez que no puede superar el salto de la salida hasta que sus pies estén justo en el borde del plato de ducha. Al viejo, mover los pies con la precisión que requiere este acercamiento al borde centímetro a centímetro le cuesta tanto o más que si tuviera que alargar la zancada. «¿Ya puedo?», «¿ya puedo?», va preguntando cada nada. «Eche ese pie un poco más adelante», le responde. Ella le da la mano con fuerza hasta que observa que, por fin, el anciano consigue colocar los pies. «Ahora sí», le dice. Y él levanta de inmediato el pie derecho muy por encima del obstáculo, agobiado ya de estar allí metido, aunque este paso no llegaría a buen término si no fuera porque ella le está sujetando con fuerza para ayudarlo a equilibrarse. Una vez con los dos pies en la toalla, le pide que dé un par de pequeños pasos hacia delante y que separe los pies. Él tiende a juntarlos, a tocar tobillo con tobillo y rodilla con rodilla; además de que se puede rozar, así es mucho más difícil mantener el equilibrio.

Ella pasa a situarse enfrente de él para comenzar a secarle la parte delantera del cuerpo. Primero le dice que adelante las dos manos, y entonces se las envuelve con la toalla y se las aprieta, y parece que a él le da gusto esta presión sobre los dedos y las muñecas. Luego le pide que apoye la mano derecha en el mueble de los medicamentos para que no se desequilibre mientras ella le siga secando. «No olvide el peso en las punteras de los pies, nada de irse para atrás», le dice. Él la mira y mira sus propios pies, confuso, pero finalmente logra echar el cuerpo hacia delante y siente cómo sus dedos se apoyan más firmemente en el suelo. Ella le repasa entonces la cara con la toalla, mientras se fija en las manchas y en las pequeñas rozaduras que tiene en la frente y en las mejillas. Pasa luego la toalla por el cuello, el pecho, los sobacos y los brazos, y, más despacio, por la barriga, para que no se queden húmedos los pliegues de la piel. A continuación, le frota las piernas y le mete la toalla entre las ingles, y le deja toda esa zona bien seca. Por último, echa un ojo a la parte posterior por si aún quedara alguna zona húmeda.

«¿Qué hora es?», acostumbra a decir el anciano a estas alturas. Ella sabe que en realidad está preguntando por el desayuno, así que le promete que enseguida podrá estar sentado a la mesa tomándose su leche con galletas.

Examina de nuevo al viejo. Vuelve a mirar las manchas y la piel medio levantada que tiene en el rostro y comprueba si necesita alguna cura. Observa una pequeña heridilla que se ha hecho rascándose el brazo y echa sobre ella, con el dedo índice, unas gotas de aceite contra las escaras que ha sacado del mueble. Saca también un par de cremas. Unta dos dedos con una de textura bastante líquida y se la pone en las ingles y en los testículos, los suele tener enrojecidos de tanto pañal. Se lava las manos y abre el otro bote de crema. Es de caléndula, de una textura más sólida. Se la extiende primero por la cabeza y el cuello y luego por la espalda. Él, al primer contacto, siempre se queja de que le da frío. Ella se fija en las rojeces que se le han podido crear en la espalda durante la noche, sobre todo en la zona lumbar, e insiste en ponerle en esas zonas más cantidad de crema. A continuación, se la echa en la frente y en las mejillas y, seguidamente, en una zona del pecho ya cerca del cuello, ahí donde se unen la clavícula y el esternón, y en la que tiene una rozadura que ya nunca se le quita del todo. A veces le sangra un poco, otras veces se le forma una pequeña postilla. Pero solo con untarla de crema la cosa no va a más. También le extiende la crema por los alrededores del ombligo —se asegura de que este no se haya irritado— y por cada uno de los pliegues de la barriga. Vuelve a la parte posterior para echarle una buena cantidad en las nalgas y sobre todo a los dos lados de la raja del culo, ahí se le tiende a abrir la piel reseca. También le extiende un poquito en el hueco que se forma detrás de las rodillas. Le pide entonces que levante el talón derecho y se demora masajeando con crema la dureza que sobresale en la parte exterior. Repite la operación en el lado izquierdo, aunque en este caso lo más duro está allí donde se unen el talón y la planta del pie. Extiende también una gota de crema en cada uno de los dos dedos meñiques, que suelen estar más rojos que el resto de los dedos. Ya solo queda echarle crema en la parte delantera de las piernas, sobre todo cerca de las rodillas, en las espinillas y alrededor de los tobillos.

A continuación, echa mano del primer pañal, se agacha y le pide al viejo, que sigue con una mano apoyada en el mueble, que levante el pie derecho. Lo hace sin gran dificultad y ella le mete el pañal por la pernera. Con la otra pierna tiene mucha menos seguridad, así que apoya la mano izquierda sobre la cabeza de ella, que se ha agachado de nuevo para introducir el pañal por ese pie. A veces necesita varios intentos hasta que logra levantarlo. Ella le insiste en que lleve el peso a la otra pierna, pero nota cómo el viejo lo pone casi todo en la mano que tiene apoyada sobre su cabeza, e incluso hay días que, de tanto sujetarse, le tira del pelo y ella tiene que pedirle que se lo suelte. Una vez que le sube los dos pañales y se los ajusta bien, coge del toallero la camiseta de tirantes y comienza a vestir al viejo. Le mete el polo por la cabeza. A continuación, le pide que meta el brazo derecho por la manga y va tirando de ella para que la mano salga por el final. Muchas veces le cuesta que el brazo se deslice, es como si él tuviera prisa por que pasara y entonces se queda trabado por el camino. Tiene la piel tan fina que alguna vez se la ha levantado al hacer esta operación, así que procura vestirle despacio y sin provocarle rozaduras. Cuando la manga se queda definitivamente atrapada es en el momento de sacar la mano por el otro extremo. El anciano tiene los dedos retorcidos de la artrosis, así que ella tiene que ir deshaciendo el embrollo de esas raíces nudosas para que no se queden enganchadas en la prenda de ropa. A ella siempre le ha llamado la atención un adjetivo que se le pone a ciertas narices. Cuando ve ese amasijo de dedos, se le ocurre pensar que son las garras del viejo las que verdaderamente son aguileñas.

Es MOMENTO de salir del cuarto de baño. Ella le da la mano y le pide que dé unos pequeños pasos hacia el lavabo, hay que hacer sitio para poder abrir la puerta. Una vez que logra abrirla, lo ayuda a girarse y salen caminando juntos. Es el momento del día en el que el viejo camina mejor. Quizás el calor de la ducha lo ayuda a ponerse en marcha. Ella aprovecha para exigirle más, sobre todo trata de evitar que deje el pie izquierdo atrás cuando le toca avanzar con él. Llegan hasta la mesa de la sala y ella le pide que se apoye con una mano y que pruebe a caminar en paralelo a la mesa. El viejo —aún descalzo y con las piernas al aire— da ocho pasitos por sí mismo con la única ayuda de esa mano que se va desplazando por la mesa a medida que avanza. Al llegar al otro extremo, ella le dice que ponga las dos manos sobre la mesa y que gire sobre sí mismo, sin arrastrar los pies. Obediente, el anciano va dando poco a poco la vuelta mientras levanta exageradamente los pies. A continuación, le pide que apoye sobre la mesa solamente la mano izquierda y que camine de regreso hasta el otro extremo. A veces ella busca pequeños obstáculos y los coloca sobre el suelo. Por ejemplo, el paraguas más estrecho que hay en el paragüero. Lo pone, cerrado y atado, justo delante de los pies del anciano, y entonces le da la mano y le anima a que dé un paso más largo para sortearlo. Recuerda que, tan solo un par de años antes, podía ponerle varias de estas trampas por el pasillo y era él mismo, sin ninguna ayuda, el que las iba pasando sin demasiados problemas. Ahora el viejo duda mucho a la hora de poner el pie al otro lado. A veces lo consigue, otras pisa sobre el paraguas y ella tiene que echarle un cable apartándolo o reequilibrando al anciano para que lo pueda volver a intentar. Lo cierto es que, después de tres o cuatro tentativas, al retirar el paraguas, el viejo logra ampliar un poco sus zancadas, y ella se atreve incluso a soltarlo y le permite dar unos pasitos por sí mismo, aunque permanece al quite. Luego se pone enfrente de él, le da las dos manos y le pide que camine lateralmente, como un cangrejo, y hacen dos o tres metros para cada lado.

La gimnasia termina con el anciano de pie de espaldas al sofá. Ya se le notan las ganas de sentarse, pero ella le pide paciencia para hacer un par de ejercicios más. «Mire al frente», le dice, «fíjese en el cuadro de aquella pared». Él levanta la mirada y, aunque no llega a poner atención en el bodegón que tanto gusta a su mujer, se ve obligado a subir un poco los hombros.

Ella se coloca a un lado y hace fuerza sobre el tronco del viejo, de modo que el culo avance y los hombros se retrasen. «Respire por la nariz y relájese», le dice mientras ella trata de mantener esa posición más erguida del anciano. Entonces escucha cómo efectivamente el viejo inspira y expira profundamente tres o cuatro veces, aunque pronto se olvida de la tarea y la abandona. «Último ejercicio», le dice ella, y se vuelve a poner frente a él. «Hay que levantar el pie izquierdo y ponerse a la pata coja». El anciano solo es capaz de levantar el pie si ella lo equilibra a la altura de los hombros, pero, una vez que ese pie está en el aire, ella lo suelta del todo, aunque solo sea por una fracción de segundo, y obliga de ese modo a activarse a la pierna derecha del viejo. Repiten el ejercicio varias veces. «Ya puede sentarse», le dice ella cuando lo nota cansado, «pero no se deje caer, baje poco a poco, use las manos para controlar dónde está el sofá». «¿A ti te gusta este trabajo?», le dice el anciano antes de dejarse caer como un fardo.

Ella coge entonces el pantalón que se ha quedado doblado en una silla la noche anterior. Se arrodilla delante del anciano y le va metiendo una y la otra pernera. Observa esa uña negra y gruesa del dedo gordo del pie izquierdo. Es enorme, pero parece muerta, nunca se queja de ella. Cada dos o tres semanas, ella le recorta las uñas de los pies y de las manos con un cortauñas.

La uña negra la deja siempre como está. Le pone unos calcetines y le calza los zapatos. Trata de no hacerle daño en las durezas de los talones en el momento de metérselos. Si le rozan levemente al entrar, él protesta como si lo estuviera matando.

Aprovecha este momento para traer la maquinilla de afeitar. Pone una toalla sobre el regazo del anciano y ahí va cayendo la mayor parte del pelo. Por las mejillas, el bigote y la barbilla la tarea le resulta fácil. En el cuello, y para evitar hacerle un corte, le va estirando esa piel que le cuelga a medida que pasa la cuchilla. Pero por muy lenta y minuciosa que sea la operación, siempre le hace una o dos marcas de sangre. Él, en todo caso, de esto no se queja nunca.

Le quita la toalla y deja caer el pelo en el suelo. La toalla la echa al cesto. Va en busca de la escoba y el recogedor. Barre la barba a los pies del viejo. Le pide entonces al anciano que se levante. Ella lo ayuda sujetándolo por un brazo. «Ahora preocúpese de su equilibrio», le dice, «que yo ya me encargo de subirle el pantalón». El viejo se mantiene en pie por sí mismo mientras ella se lo ajusta. Le sacude el pantalón y el polo para que caigan al suelo los pelos de la barba que se le han quedado en la ropa. A continuación, le pone el jersey. Él está obsesionado con que no se le suban las mangas del polo hacia arriba, así que se aferra a los puños con sus dedos retorcidos. Entonces ella ya puede meterle primero una manga, después la otra, la cabeza para terminar. Fin de la tarea de vestirlo.

Entre el sofá y la mesa hay solo dos o tres metros. Ella le invita a caminar por sí mismo hasta allí. Va a su lado por si las moscas. En cuanto él pone las manos en la mesa, ella le pide que meta los pies bien adentro y le ofrece una silla para que se siente.

Coloca un mantel a cuadros, extendido solo a medias, en el lado de la mesa donde se ha sentado el viejo. Saca de un cajón un babero blanco y se lo ata al anciano en la parte posterior del cuello. El babero cubre el pecho y la barriga del viejo y se prolonga sobre la mesa como una especie de segundo mantel. Ella le trae un cuenco con una pieza de fruta partida y un pequeño tenedor. Mientras el viejo se pelea con los trozos de plátano, tratando de pincharlos y llevárselos a la boca, ella trajina en la cocina y le calienta un tazón de leche. Parte trocitos de pan en la tabla de madera y los echa dentro de la taza. También le desmenuza un par de nueces y, como sabe que es goloso, echa en la taza una cucharadita de miel. Se acerca al cesto de los medicamentos. Dentro tiene un papel con un cuadrante en el que se especifican las tomas que el anciano debe hacer por la mañana, al mediodía y por la noche. Hace mucho tiempo que ya no lo tiene que consultar, se lo sabe de memoria. Abre una caja y saca de su envase de plástico la pastilla que le toca tomar al viejo con el desayuno. Ella se sorprende de la facilidad con la que se traga esas píldoras grandes sin necesidad de masticarlas. Cuando le acerca la pastilla y la taza humeante a la mesa, comprueba que el viejo solo ha conseguido pinchar un par de trozos de fruta. Lo está intentando con otro de los pedazos de plátano, y ella lo observa pacientemente. El tenedor pasa junto a la fruta sin tocarla, o la pincha de forma tan superficial o tan en el borde que el bocado se cae antes de llegar a sus labios. Entonces ella le pide que coja el tenedor más cerca del tridente, y además le ayuda con su propia mano, que abraza la del viejo, a dirigirlo. Así pinchan entre ambos algunos trozos. Los tres últimos, para no demorarse más, se los da directamente ella.

Cuando el viejo está acatarrado, maneja mucho peor los cubiertos. Todos los días le resulta difícil agarrar la cuchara con esos dedos hinchados y retorcidos, pero la congestión le hace perder además la conciencia del lugar que ocupan los objetos en relación con los movimientos que hace. Después de que se le cayeran un par de cucharadas de leche, ella le ha movido un poco la taza, acercándosela. Pero entonces él mueve la cuchara hacia el lugar donde estaba antes la taza, coge imaginarias cucharadas en el aire y se las mete, vacías, en la boca.

Los días que está menos torpe y puede dejarlo comer solo, tiene que dar un repaso al final al pan mojado en leche que se le ha caído de la taza y se ha vertido en el plato. Él disfruta de esas cucharadas llenas que ella le da antes de recogerlo todo de la mesa y de desatarle el babero del cuello.

Normalmente, responde satisfecho cuando se le pregunta si le ha gustado el desayuno. Solo una mañana acabó diciendo que había sido una mierda. «Lo tomé porque estoy muerto de hambre», añadió. Y lo cierto es que ese día había repetido y repetido, por lo que se había echado al gollete hasta tres tazas repletas de pan, leche, miel y nueces.

Otro día, al terminar de desayunar, le preguntó a ella:

—¿Eres tú?

—Sí —le respondió.

—Yo también soy yo. Pero no nos funciona muy bien este aparato —añadió el anciano señalando hacia un imaginario artilugio.

A ella le pareció que el viejo pretendía estar hablando por teléfono.

Coloca un hule en el sillón que está cerca de la ventana. También deja a mano un par de cojines. Se acerca al viejo y lo ayuda a levantarse de la mesa. Salvan la distancia con el sillón, pasito a pasito. Ella no se olvida nunca de exigirle que dé cada paso correctamente, que no deje rezagado el pie izquierdo. Le hace caminar un par de metros más allá del sillón y luego dan marcha atrás. A él, debido a la posición de la cadera, no se le da mal dar esos pasitos de espaldas. Le pide que no se deje caer y esta vez el viejo le hace caso y se sienta lentamente. Ella le coloca los dos cojines bien apretados entre el respaldo y las lumbares. Le limpia con una pequeña toalla los mocos transparentes que gotean de su nariz. Suelen salirle más después de haberse tomado la leche caliente. Deja la toalla a mano por si él la quiere usar para limpiarse de nuevo. Ella vuelve a la cocina y pone a calentar agua en un cazo. Revuelve dentro de un cajón hasta que encuentra los sobres de manzanilla. Mete uno en una taza. Entra en el baño y saca del mueble unas gasas. Apaga el fuego de la cocina y vierte el agua caliente sobre la taza. Con una cucharita presiona el sobre de manzanilla contra el fondo. Lleva la taza y las gasas hasta donde se encuentra sentado el viejo. Apoya la taza en uno de los brazos del sofá, con cuidado de que no se tambalee. Empapa una gasa, la escurre contra el borde de la taza y arrastra una a una las legañas de los ojos del anciano. Aprovecha para llevarse también con la gasa algunos pedacitos de piel muerta de los alrededores. El viejo cierra los ojos y se deja hacer con gusto. Le da placer el calorcito que desprende la gasa. Ella le examina un momento y se da por satisfecha. Entonces se va a trajinar por la casa, pero vuelve enseguida porque el viejo la llama y le dice que tiene frío y que si hay corriente. Él siempre ha estado obsesionado con el frío y las corrientes. Con abrir y cerrar ventanas. Con tapar y destapar a sus hijos cuando eran pequeños en función de la temperatura de la calle, de la intensidad de la calefacción o del tipo de pijama que llevaran puesto. Ella coge una mantita que tiene doblada en una silla, similar a la que le pone sobre los pies por las noches, y se la extiende desde los hombros hasta las rodillas.

«Ponéosla vosotros también», dice el viejo. Y añade: «Y portaos bien unos con otros».

A ella le han contado muchas veces esto de las manías del anciano. De toda la vida. La que más le impresionó fue la de la lavadora. En un momento dado, él decidió que la ropa sucia había que echarla a lavar bien doblada. Si su mujer, como todo el mundo, la metía sin orden ni concierto, él la sacaba, la doblaba meticulosamente y la introducía de nuevo en el tambor.

Cuando hace buen día, lo saca un rato de paseo. Cincuenta, cien metros, a lo sumo ciento cincuenta. A veces él se resiste a salir, no le apetece levantarse del sofá, y le espeta alguna frase del tipo: «Hay piedras en las calles. Piedras u otros obstáculos. Me da miedo salir a la calle». Ella cede y lo deja tranquilo por un rato. Durante ese tiempo que se queda sentado, ella observa, mientras va y viene por la casa, cómo, de vez en cuando, el viejo frota una con otra las palmas de las manos, como para calentárselas. Mientras lo hace, adopta un gesto que le multiplica aún más las arrugas de la cara. Más tarde, ella vuelve a la carga con la propuesta de paseo, y es probable que a él le hayan entrado las ganas. Antes de salir, debe abrigarlo bien. Le ayuda a ponerse en pie y le viste una gabardina encima del jersey. También le pone un gorro. Él, más que sombreros, siempre ha usado gorros para cubrirse la calva durante los largos y frecuentes paseos solitarios que ha dado a lo largo de su vida. A ella ese gorro azul le parece un poco estrafalario, le hace gracia vérselo puesto al viejo. A él estas cosas nunca le han importado, así que como para que le importen ahora.

Para bajar los tres escalones que dan a la calle, ella le pide que asome uno de los dos pies más allá del borde del primero. Desde esa posición, le resulta más sencillo bajar el pie contrario sin tropezarse. Vuelven a repetir la misma secuencia con los otros dos escalones y ya están en la calle. Previamente, ella le ha dado una pequeña patada al felpudo para apartarlo y evitar que se convierta en una trampa. Aunque la primera vez que se cayó, tres años atrás, su mujer se lo encontró ya tirado en el suelo y nadie sabe qué ocurrió exactamente, ella tiene la teoría de que al anciano el tropezón se lo provocó el felpudo que no vio a la entrada de la casa.

Dan los primeros pasos por la carretera del pueblo. La misma letanía de siempre: «Venga ese pie izquierdo, que nunca se le quede atrás». Así van avanzando, lentamente, camino de la plaza. Si sopla el viento, él enseguida protesta por el frío y quiere dar la vuelta. Si hace sol, alargan un poco más el paseo. Las fuerzas del anciano son impredecibles: un día llegan hasta la primera curva y ya no puede más. Otro día alcanzan la plaza y da la impresión de que podrían seguir más allá, al menos hasta la altura donde se encuentran, comidas por la maleza, las ruinas de la escuela. Durante el paseo, ella le señala algún detalle del pueblo o del paisaje, «mire qué despejado esta hoy, qué bien se ven las montañas», «¿ha visto el potro que ha nacido en ese prao?», pero él no le presta demasiada atención, toda la energía se le va en tenerse en pie y en dar un paso tras otro. Ni siquiera se da cuenta de la presencia del otro viejo del pueblo. El hombre, que aún se calza las madreñas, camina tan encorvado o más que él. Está muy sordo y casi no le quedan dientes, pero a la mínima oportunidad le cuenta a quien se para a escucharlo aquello que marcó su vida desde guaje: las tropas franquistas entraron al pueblo en busca de comida. Sin mediar palabra, le dieron un tiro a su padre y se llevaron la única vaca. Desde ese día, el viejo dejó de ser niño y le tocó trabajar sin descanso para que la familia saliera adelante. Hace unos meses que ya no saca las cabras al monte cada mañana, pero aún sigue metiéndose en la huerta. Hoy se ha animado incluso a agarrar la *gadaña* y parece imposible que pueda arrastrar prao arriba ese barreño repleto de yerba.

De regreso del paseo, en los días verdaderamente agradables, se desvían hacia el pequeño terreno que hay delante de la casa. Ella le pide al viejo que levante más los pies para no tropezarse en la hierba. A continuación caminan unos metros por debajo de la panera. Luego hay un trocito muy estrecho de asfalto que discurre entre la pared de la caseta de aperos y el prao, por allí la hierba crece más alta, demasiado para que el anciano camine sobre ella. Él apoya una mano en la pared, que queda a su izquierda. Ella tiene que cambiar de lado, ponerse a su derecha, para recorrer esos metros. Y no tiene otro remedio que darle a él la mano izquierda. Parece mentira lo que le afecta al viejo que ella lo ayude desde el lado contrario al que está acostumbrado. Durante ese tramo, el pie izquierdo deja de levantarse, ya solo se arrastra. Y el anciano lo deja muy atrás cuando le corresponde desplazarlo hacia delante. Ella le da algún grito de ánimo para que confíe en su pierna de apoyo y avance de verdad, mientras se dice a sí misma que son solo cuatro pasos. Unos metros más allá le tiene preparada una silla de mimbre con unos cojines. Ahí sentado, y aunque ella le ajusta bien el gorro para que no se queme la cara, él parece fijarse algo más en lo que le rodea. En los montes de allí enfrente, en el manzano, el peral y el limonero, en las gallinas y las ocas que arman escándalo en el terreno colindante, en el pequeño rebaño de burros. El viejo, en cualquier caso, no tarda en ensimismarse y enseguida se queda adormilado. A veces se despierta y se pone a llamar a voces porque no sabe muy bien qué hace en medio de ese prao. Cuando ella acude a tranquilizarlo, él la mira a los ojos y le dice: «No me dejes solo».

Lo acompaña de vuelta a casa. Antes, le da una pastilla que no debe juntar con la comida. El viejo sube cada uno de los tres escalones, lo hace con más agilidad que cuando los ha tenido que bajar. Ella le ayuda a cruzar el salón y a sentarse en la mesa. Entonces extiende el mantel y le ata el babero. Le trae de la cocina un plato de lentejas. Las come él solo con cuchara. Las croquetas que le sirve a continuación se las parte en tres trozos y él las va comiendo con la mano. Come compulsivamente. Nunca había tenido mucho apetito, pero en estos últimos años la comida es para él una obsesión. Pide más y más constantemente. Si lo que le traen es dulce, con más motivo, el bizcocho y los pasteles lo ponen como loco. Muchas veces pide pan cuando ve que ya no queda más postre. Un día que estaba acatarrado, mientras esperaba a que le sirvieran la comida, se metió una servilleta de papel en la boca. Quizás la confundió con un trozo de pan o, simplemente, considera que cualquier cosa que esté sobre la mesa merece ser devorada.

Ella pone cuidado en no darle nada con lo que se pueda atragantar. Le han contado que él ya ha pasado por alguno de esos episodios: la mujer del anciano dándole puñetazos entre las costillas, desesperada, para que expulsara la obstrucción; el viejo cambiando de color por la falta de oxígeno; los de emergencias volando hacia la casa y felicitando a la mujer por salvar la vida del marido, que finalmente había logrado vomitarlo todo; los moratones que le quedaron al viejo durante días tras la maniobra salvadora. Ella no quiere ser partícipe de uno de esos sustos. Por eso se obsesiona con cortárselo todo en trozos diminutos y evita darle comidas que tenga que masticar mucho.

Después de comer, le quita el babero y lo invita a levantarse para ir a lavarse los dientes. Un día, cuando ya lo había ayudado a ponerse en pie, él tragó saliva y le dijo: «Espera». Y tras un breve silencio, añadió, muy solemne: «Parece que las fuerzas obreras están dispuestas a apoyarnos». A continuación, le dio la mano y se puso a caminar tras ella. Ya dentro del servicio, se aferró con las manos al lavabo y se miró en el espejo: «Las fuerzas obreras —continuó diciendo mientras miraba su propio reflejo— quieren agruparse en Barcelona». Ella entonces le pidió que abriera el grifo. Unos meses antes, atiborrado de medicación psiquiátrica, el viejo casi nunca era capaz de abrirlo. Cruzaba la mano izquierda para abrir el grifo de su derecha, no sabía cómo hacer para girarlo, volvía atrás para volver a empezar... Así durante tres o cuatro intentos, hasta que desistía. Pero desde que el geriatra le quitó un par de pastillas, el viejo usa la mano derecha y, aunque la rigidez de los dedos se lo dificulta, termina abriendo el grifo. Ella lo deja lavándose los dientes apoyado en el lavabo y aprovecha para recoger la mesa. Cuando regresa, a veces se lo encuentra cepillándose con tanta fruición que se ha hecho daño en las encías y sangra por la boca. Otras veces, al contrario, ha dejado posado el cepillo en el lavabo, dando por terminada la tarea, pero ella puede ver cómo la pasta de dientes ni siquiera está mojada. Simplemente, no le ha dado la gana lavarse los dientes. Ella le pregunta si ya ha terminado. Él dice que sí con la cabeza. Ella aclara el cepillo y lo coloca en el vaso sobre el mueble. Y procura acordarse de pedirle que sea él quien cierre de nuevo el grifo.

A continuación, le dice que dé unos pasitos hacia atrás, hasta que queda en posición de sentarse en el váter. Ella le pide que no se siente aún. Le anima a sentir el peso en las dos piernas, a no poner todo el peso en la izquierda. Le baja los pantalones y el pañal exterior. Así agachada, y si no se ha dado cuenta de secarle bien la boca en el lavabo, le suelen caer a ella algunas babas del anciano. Baja el segundo pañal con cuidado. Si está limpio, se lo deja puesto. Si está mojado, se lo arranca. Si está cagado, busca la manera de cortarlo evitando mancharle más a él y mancharse ella. Siempre que está lleno de mierda, le maravilla el calor que desprende.

Le pide al viejo que se siente en la taza y sale a buscar una bolsa de plástico que se le ha olvidado traer para meter en ella el pañal. A la vuelta, y si se ha manchado mucho, encuentra la forma de estirar el cable de la ducha para alcanzar a limpiarle las ingles mientras permanece sentado en el váter. Luego le pide que se levante y se agarre con una mano al mueble. Entonces le limpia por detrás con papel higiénico o con unas toallitas húmedas. Procura no rozarle demasiado, no debe hacerle daño en la piel. Más bien presiona para recoger la suciedad. Si ve que la piel está reseca, o incluso se le ha abierto un poco, aprovecha el momento para echarle de nuevo crema por las zonas más enrojecidas por efecto del pañal. Si le ha estado apuntando con la ducha, se las apaña para secarle por delante con una pequeña toalla que echa de inmediato al cesto de la ropa sucia. Antes de subirle el pañal que le ha quedado puesto, le coloca una compresa. Así mantiene para la tarde una doble capa. Le sube entonces los pantalones. Ella, durante la operación, se ha lavado las manos varias veces; lo hace una última vez antes de darle la mano para salir caminando juntos. Lo acompaña hasta el sofá. Allí ha colocado previamente el hule, los cojines y también otro cojín más grande, que en realidad pertenece a otro sofá, y que le pone en perpendicular, en un lateral, para que se pueda recostar sobre él a dormir la siesta. No le abre la cama para que se acueste, serían demasiadas horas en la misma posición que adopta durante su larguísimo sueño nocturno.

Si no lo despierta, el anciano se puede pasar durmiendo hasta la hora de cenar. Ella lo llama a media tarde, lo coge por los hombros y lo acomoda para que quede bien sentado, lo más recto posible. A veces tiene que hacerlo varias veces porque él ha perdido el sentido del equilibrio tras la larga siesta y se vence de nuevo hacia el lado donde ha estado recostado.

El viejo acostumbra a estar especialmente despistado en ese momento del día. Pregunta por su madre y por su padre, por el pueblo donde nació, por una hermana que murió hace varias décadas, pregunta si hoy hay que llamar a un taxi o si tiene que ir a por la baja del trabajo. Ella le da algo de beber y, una vez que se ha espabilado, pasean la sala arriba y abajo dos o tres veces. Luego lo sienta en el sillón que queda más cerca de la ventana, allí le entra más luz.

Hay días en que ella aprovecha este momento para ejercitar con el viejo la memoria. Le dice: «Ocho por ocho», y él responde de inmediato: «Sesenta y cuatro».

«Nueve por nueve», prueba ella a continuación. Y él susurra: «Ochenta y uno». Tras unas cuantas operaciones más, ella concluye: «Está usted como un cañón». Y trata entonces de arrancarle retazos de recuerdos a base de preguntas. «Sí, los caballos me gustaban mucho», dice él. «Los montaba al paso, eh, que eran para trabajar, no para andar a carreras». «Padre me llevaba por las ferias a comprarlos y venderlos». «En el pueblo jugábamos contra la pared esa... ¿cómo se llama?», y se queda un rato en silencio, hasta que olvida la conversación. Ella le nombra entonces el frontón y él retoma la historia: «Sí, eso, el frontón. Yo era más de técnica que de fuerza. Tenemos que ir un día tú y yo al pueblo. Vamos allí y compramos unas alpargatas y damos una vuelta por los alrededores». «En el internado aquel los curas sí pegaban, pero yo me libraba porque traducía muy bien del latín y del griego». «Padre venía en el tren a pagar la matrícula con unos sacos de trigo».

Ella piensa a veces lo mucho que se parece la infancia del viejo a los recuerdos de niño de su propio abuelo. Y lo poco que se parece la vejez del anciano a la vejez de su padre en la loma de ese suburbio en el que vive. La loma en la que ella nació.

El anciano cena pronto. Antes hay que darle sus pastillas. También toma otra durante la cena, una para el calcio que no hace falta que trague de golpe, esta la puede masticar. A veces le asoma una saliva espesa y blanca por la comisura de los labios mientras deshace la pastilla en la boca. El menú suele ser puré de verduras, una tortilla francesa o un trocito de pescado y un yogur. Le gustan mucho los yogures, sobre todo los de fresa. Ella recuerda un día, cuando aún le daban tantas pastillas psiquiátricas, en el que, una vez que le retiró el envase del yogur y la cucharita, él siguió haciendo el gesto de llevársela a la boca, como si aún estuviera entre sus dedos. A continuación, alargó la mano como devolviéndole a ella el cubierto para que lo llevara al fregadero.

El viejo se queda un rato sentado en la silla después de cenar. Se pone a *rabilar* con una servilleta. La dobla, la desdobla, le da la vuelta, la extiende en su regazo, la posa de nuevo sobre la mesa. Si ella le pregunta qué hace, le responde: «Estoy mirando a ver cómo funciona este aparato». «¿Qué aparato?», le dice ella. «Una vestimenta es», concluye el anciano. Y entonces levanta también el borde del mantel, como buscando algo debajo, y se pregunta en voz alta dónde estará la galleta. Ella le trae una de la cocina. Él la coge con las dos manos y se la zampa en un plisplás. Y entonces le pide otra.

Repiten juntos el camino al servicio. Ella aprovecha el rato en el que se lava los dientes para abrir el sofá y preparar la cama. Le pone una funda al colchón, luego coloca un hule en el centro, a continuación la sábana bajera, después otro hule y uno más pequeño que es el que se tira a la basura cada mañana; encima extiende la otra sábana, la colcha, la manta más gruesa y la de los pies, todas las capas que hagan falta para que el anciano no pase frío. Él ya la está llamando. Le dice que espere un segundo. Va a por el pijama y coge también un pañal más gordo, de noche. Pide al anciano que cierre el grifo del lavabo. El viejo lo hace. Entonces le seca la boca con una toalla y coloca en su vaso el cepillo de dientes. Le da las dos manos para que él dé unos pasitos hacia atrás. Le pide que se aguante en las dos piernas. Le baja el pantalón, le baja el pañal exterior y le quita la compresa que le ha puesto a mediodía. La echa en una bolsa de plástico. Le dice al anciano que ya puede sentarse. Le desata los cordones y los afloja bien antes de descalzarlo para que no se queje de que le roza los talones al sacarle los zapatos. Luego le quita los calcetines y también el pantalón. Le saca el pañal de día para ponerle el de noche, y a continuación, si está limpio, le pone de nuevo el de día para que funcione de segunda capa. Busca el bote de crema de caléndula y se la extiende por las rodillas, las espinillas y los tobillos. Luego le pide que despegue del suelo alternativamente uno y otro talón, y se los masajea con la crema. Le mete las perneras del pantalón del pijama. En invierno, procura ponerlo antes sobre el radiador para que este calentito. Le quita el jersey y el polo, la camiseta se la deja puesta. Y lo ayuda a levantarse. Le limpia con papel higiénico y con una toallita húmeda. Lo tira todo al váter y pulsa el botón de la cisterna. Sujeta al viejo con una mano mientras alcanza con la otra el lavabo para limpiarse. A continuación, cambia de mano para hacer la misma operación. Antes de ajustarle los pañales y el pantalón, echa de nuevo crema en las zonas más proclives a enrojecerse durante la noche. Le pide al anciano un brazo para ir metiéndole la parte de arriba del pijama. Con el pijama se atascan menos en las mangas que con el polo. Por las noches, eso sí, se nota que el viejo está más cansado y torpe. Un día, mientras le ponía la parte de arriba del pijama, y sin previo aviso, empezó a doblar las rodillas y a dejarse caer, y ella prácticamente lo cargó a pulso hasta que logró que se sentara en el váter.

Si todo es a cámara lenta, los últimos pasos del día lo son aún más. Cuando llegan a la altura de la cama, ella le pide que vaya girando los pies hasta quedarse de espaldas. Le dice entonces que ya se puede sentar, poco a poco. Casi siempre hace caso omiso y se deja caer como un saco, y no solo se sienta sino que aprovecha la inercia para dejar caer la cabeza hacia la almohada. Ella contiene la velocidad del movimiento para que no se haga daño. Cuando se pone a arroparlo, no sabe muy bien por qué, el anciano levanta el cuello, se pone rígido. Todas las noches le tiene que decir que se relaje y que apoye la cabeza en la almohada. A la segunda o a la tercera, logra que le haga caso. Entonces termina de arroparlo y procura moverle las piernas a través de las mantas para que ocupen el centro de la cama.

«Buenas noches», le dice, y da un toque al interruptor y deja la habitación a oscuras.

He pasado bocetos de este librito a unas cuantas amigas y amigos: Estela, Gema, Irene, María, Iván, Rocío, David, Pato, Moha, Carmelo. Sirvan estas líneas para agradeceros que os hayáis implicado en esta tarea, para mí siempre es importante escuchar vuestras impresiones sobre lo que escribo.

Quiero dar las gracias muy especialmente a Elvira, Santi y Julián, tan presentes durante el proceso de maceración del texto. A Elvira le agradezco además las mil vueltas que le ha dado para pulirlo definitivamente.

EN MAR ABIERTO

EDUARDO ROMERO

[pepitas ed.]

«Aquí hay un autor que no escribe sobre otros, los otros, sino sobre los suyos, para asegurarse de que sean también nuestros. Y lo hace con toda la complejidad, inteligencia, pasión y belleza de la mejor literatura». —ISAAC ROSA

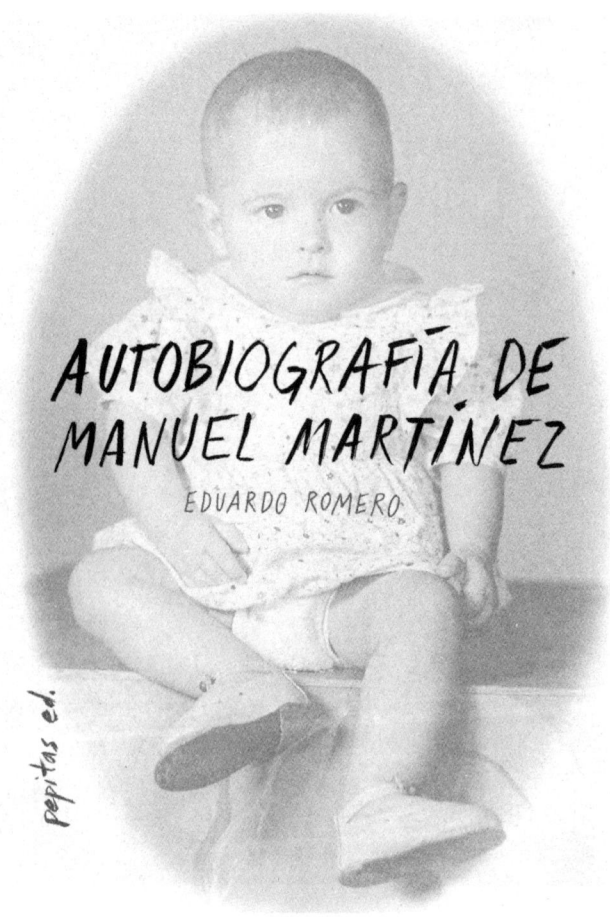

AUTOBIOGRAFÍA DE MANUEL MARTÍNEZ

EDUARDO ROMERO

pepitas ed.

«Manuel Martínez es un personaje excepcional con una vida trepidante en la que el "rebelde primitivo" y el militante anarquista se suceden como el gusano y la mariposa en una crisálida». —SANTIAGO ALBA RICO

¿Cómo va a ser la montaña un dios?

Eduardo Romero

[pepitas ed.]

«Eduardo Romero hace "literatura de la escucha". Tiene un oído atento, una mirada crítica y una escritura comprometida. Sus libros son una excavación para conocer mejor nuestro mundo y a nosotros mismos». —Noemí Sabugal

Eduardo Romero ha publicado otros tres libros en esta casa. *Autobiografía de Manuel Martínez* (2019) es una magnífica crónica de esa generación de inadaptados sociales a los que la democracia española solo les dio a elegir entre la cárcel o el manicomio; *En mar abierto* (2021) es la historia coral de un vecindario atravesado por las fronteras; y *¿Cómo va a ser la montaña un dios?* (2022) es un viaje de ida y vuelta por dos universos separados por miles de kilómetros, pero interconectados por varios hilos: el carbón y la minería, el capital y su logística portuaria, la migración y el exilio.

Eduardo ha escrito numerosos libros dedicados a la crítica de la política migratoria, editados por Cambalache; entre ellos: *Quién invade a quién. Del colonialismo al II Plan África* (2011) y *Un deseo apasionado de trabajo más barato y servicial. Migraciones, fronteras y capitalismo* (2010). También es autor del relato *Naiyiria* (2016), ilustrado por Amelia Celaya, y del librito en torno a la pandemia *La nueva normalidad* (2021).